院長のつぶやき

木村　進

院長のつぶやき◉目次

プロローグ　6
幼少期から医師への道　11
予備校　15
堺市の思い出　17
学生街　19
家族　20
家内と子供　23
ライバル　24
勤務医　27
日常の生活　28

妻との出会い 29
学会 31
グルメ 33
旧友 35
旅行 38
与謝野町 41
帽子 43
開業 44
院長と地域医療 46
義母のこと 49
院長の今後 50
院長のアルバムから 53

院長のつぶやき

プロローグ

私は、大阪西淀川の診療所で管理医師として勤務していた。院長としての机が置かれ、暖房器具も揃ったこじんまりとした部屋に一人いた。外来診察時間となれば、電話がかかり、外来室に降りて診療を行うスタイルだった。同時に、併設された40床ほどの老健施設の施設長も兼ねていた。入所者が急変した際には、その施設から電話がかかり、施設に赴く臨床スタイルだった。

以前から私は開業志向で、堺にある父の病院を継ぐ予定だったが、父の死後、その病院を継ぐことを母が反対した。その理由は、病院のある堺市内は病院が乱立していて開業地として不向きであるという考えと、私が得意とする在宅医療も新進気鋭の若い開業医が行っていて、その中へ割り込んでいけるのかとの心配があったためである。

母の死後、病院を継ぐ機会が訪れた。その時、私は58歳になっていた。私の家内は、遠方への移住は特に問題なかったが、開業そのものには、まだ賛成しかねる点が多々あった。ある時、斡旋業者から、遠方の日本海の丹後地域の診療所が開いたとの情報を得た。そこで、私は、家内と2人で南海難波駅の近くにある商業施設内の喫茶店で、業者の人と会い、その診療所の案内を閲覧した。内容は、1日外来患者数35名~50名をキープする消化器内科の診療所だった。

西淀川の院長室には数社の薬の卸が出入りしていた。診療所を謁見する前に、出入りしている人の話を聞く機会があった。A社が言うに、診療所は丹後地域にあり、以前は機織り物で栄えた町だった。しかし、最近になって機産業が没落し、なおかつ高齢化が進み、現在では大阪より医療介護の面で10年20年先をいった地域であるという指摘だった。また、B社が言うに、その地域における開業は継承物件であり、なおかつ高齢者を中心とした多角的に疾患を診断治療する医師としてはもってこいの場所である。特に、在宅医療における需要は当分その地域において重要な意義を持つと考えられる、という指摘であった。そういった意味でも多領域において疾患を診るには医師として良い地域であると考えられた。

私的なことだが、妻も渋々了解してくれた。遠方ながら堺の実家に日帰り出来る地域であり、すでに患者さんもある程度待機済みといった面でも好条件だった。

A社のAさん曰く、「奈良で開業なさった先生も一日の診療が数人しかない状態です。また、西淀川の基幹病院におられた先生が、西淀川で開業なさりましたが、苦しんでおられます。その診療所は、諸々の条件を満たす診療所だということです。この場所は、天橋立の近く与謝野町にあり、人口2万人の地域です。現在では、医療資源の乏しい僻地に指定されています。しかし、開業医は多く、内科を主とした開業医も10軒にのぼります」

B社のBさん曰く、「与謝野町駅でお待ちしています」とのことだ。

そういったことを踏まえて、平成19年の3月に施設を退職することに決めた。そして、A社の人に連れられて5月の終わりに京都府医師会に開設届を出した。その後、車で保健所に回り、診療所の家主さんに会うために診療所に向かった。

診療所内の少し大きなテーブルを囲んで、斡旋業者の人と私と妻、A社の

Aさん、さらに家主さんの5人で商談がまとまった。その後、家主さんの車に連れられて、宮津に向かうと、待っていたのはB社の人だった。B社の人に宮津市内を案内してもらい、地域の小さな水族館である「魚っ知館」(2023年5月で閉館)でこの土地の風土に触れた。

宮津湾は内海になっており、遠方には灯台らしきものがあり、常に中等度の船舶が1隻程横たわっている。時々、遊覧船が通り、鳥が羽ばたく、波静かな街である。とり貝の養殖が盛んで、大阪方面に運ばれる。堺市は与謝野晶子の出身地であり、与謝野町との交流がある。そのように大阪とも関連のある街で親近感を抱いた。その後、6月になって15日に開院の運びとなった。平成19年のことである。

幼少期から医師への道

幼少期における記憶は、おそらく2歳ないし3歳の頃にあった母方の祖父との宇治川での鵜飼の舟遊びである。祖父が宇治市長に当選した祝いとして、このようなイベントが開催されたと母から聞いた。その会は6月頃であり、船底を叩く音と祖父と父が乗った船において獲れたての鮎がすき焼きの鍋に放り込まれ、酒を酌み交わす、その時の漁夫の威勢の良さを思い出す。漁火が煌々と焚かれており、それが私の目に刻まれている。その時の酒盛りが今日の私のグルメにつながっている。

祖父は市長を一期務めただけで退職して後輩に譲り、退職後に行われた宇治警察署長との対談中に脳出血を起こし、死亡することになった。祖父の家は宇治市内にあり、茶園を経営しており、現在も続いている。いとこにあたる母の兄の子どもたちとも母の実家でよく遊んだ。高校生になれば、アルバイトで茶園を手伝った。時々、茶葉を噛んで味見をしたことを覚えている。

父と母は最初、宇治市で開業しており、私が2歳の頃に堺市堺区に開業医として内科診療所を開設した。

父は中国大陸に遠征した軍医であった。昭和24年に私が生まれるが、その後、医師を目指して、人生を進めるようにと、父がこの名「進」をつけた。

私の上には11歳上の異母兄弟の兄がおり、私が小学校の時には、既に阪大生であった。下には、弟がおり、現在は、堺市桃山台で土地家屋調査士をしている。

私は、歳を重ねるごとに学業の成績が上がっていった。中学は堺市堺区内にある公立の進学中学であり、第一進学校である府立三国ヶ丘高校に60名ほどの合格者を出していた。しかし私は家の近くにあった与謝野晶子由来の第2進学校である府立泉陽高校を選んだ。学業中心よりは自由・部活を選べる高校の方が楽しいと思ったからである。父には反対されたが、併願校として京都の洛南高校に合格していたので、許してもらうことができた。

洛南高校は遠かったため、当初の目論見通り泉陽高校に通った。いとこたちから三国ヶ丘高校は勉強・試験詰めで監獄のようだと聞いていたのに対し、泉陽高校では部活には入らなかったが楽しい高校生活を送れた。帰宅後は、16時から17時まで昼寝、17時から夕ご飯、18時から夜中まで勉強をした。1日の最後に、23時45分から24時30分まで旺文社主催の大学受験のためのラジオ講座を聞き、その後、就寝した。Z会の通信講座も行っていた。

泉陽高校は、文化祭や学芸会にも力を入れており、市民会館を貸し切って行われた。卒業生には、歌人の与謝野晶子、脚本家の橋田壽賀子、女優の沢口靖子、作家の西加奈子がいる。

私の父は開業医であったため、医学部医学科の入学を望んでおり、しかも、国公立でなければ入学は許さないと常に主張していた。大阪近辺で言えば、大阪大学、大阪市立大学、奈良県立医科大学、和歌山県立医科大学などを目指せと言われ続けた。

予備校

ＹＭＣＡ予備校は、当時、大阪において土佐堀校と阿倍野校の２ヶ所あった。その内の阿倍野校の高校専科に高校の３年間通っていた。そこには、公立高校のトップ校や国立の付属高校、私立の星光学院の生徒が通っていた。高校専科にはクラスが３つあり、それぞれランクがついていた。

Ａクラスは、英語・数学・国語の総合合計点数によって分けられていた。Ａクラスは東大志望生、京大志望生、医学部志望生が通っており、そのクラスを受講していた。中間テスト、期末テストの時期になると、Ａクラスの受講生が半減した。それはテストに備える受講生が増えたからである。半減したときに受講すると、講師が大概、受験のヤマを教えてくれた。それが的を射ており、問題の予想はほぼほぼ外れなかった。その為、非常に大学受験の参考になった。Ａクラスの大半が当時の偏差値でいうと70前後であった。しかし、入試なると、必ずしも普段の実力通りにはいかないケースが多かった。

中には、Ｂクラスでも東大合格を得る受講生もいた。私は、公立でも大した公立高校ではないので、自由に受験できたが、他の受講生は、高校の先生の思惑もあり、思うような受験ができなかったと推察される。高校生活3年間が人生の中で一番勉強した時期であった。

堺市の思い出

堺市は政令指定都市であり、もともとは遠く室町時代まで遡る、堺市堺区の金物業者や自転車業者などの中小企業が発達した街である。今でも街中には刃物を叩く音が頻繁に聞こえる。住民は商いを主体とし、代々続く豪商が数多くある。このところは盛んに、街中に銀行やスーパーおよび賃貸のマンションが建築されている。活き活きとした活動性を感じる街である。

住民は、新しいものを欲しがり、常に新しいものに飛びつく。現在の市政は、新しい制度に対して積極的に取り組む覇気がある。また、同時に街自体の新陳代謝が激しく、生存競争も激しい。各地から移住してくる反面、没落する人も多々いる。人々はみな、陽気な心意気を持っており、それが良いところである。

市の中心には路面電車が走り、5月になれば、ツツジの中を走りぬける。一時、経営が不振と言われ、堺市が経営を立て直し、今に至っている。路面電車は住吉から天王寺にまで続き、私は阿倍野にある大学病院までそれで通った。

昭和40年代に泉北ニュータウンの建設があり、泉北の山を切り開いた土砂を堺市の港に埋めて、コンビナートを造った。当時、何台ものトラックが土砂を積んで、街を走り抜けた。

学生街

私の通った大学の医学部は阿倍野にあり、アポロ銀座と呼ばれる天王寺界隈の密集地帯にある。昔は、ごちゃごちゃとしたパチンコ屋や居酒屋があったようだが、大阪市の都市開発計画の一環で、整地され、店や飲食店等の商店街やアポロビル、アベノセンタービルの高層ビルが建ち、その中にアポロシアターという映画館もあった。その西側に大学があったため、試験前になると喫茶店にたむろして情報交換しながら試験勉強に励んだ。ただし、都市開発前の名残で、裏側には遊郭跡が残っており、風紀は決して良くなかった。

雨でも少し走れば天王寺駅まで傘をささずにしのげる。エスカレーターで上がったり、下がったりして、地下に潜りこみ、地下道を通って天王寺駅に出る。地下道では、時々、見慣れた教官が通り過ぎるが、会釈もせずに皆通り抜ける。友達同士は群をなしている場合が多く、度々、試験の山場の話が出る。それ程、医学部というところは試験が多い。

家族

私の家族構成は、父、母、兄、弟である。父は内科開業医で酒好きである。土日になると、父は酒を肴に軍隊時代の話をする。時々、戦友からハガキが来たり、軍曹時代の金岡練兵地における訓練、戦地に赴く前の軍医としての心得など様々なことを話してくれた。

名古屋から戦地である中国大陸奥深くに赴いた。移動のための馬を与えられ、虫垂炎などの手術を衛生兵などと共に行った。もちろん専門は内科であるが、オールラウンドに全科に渡る知識をマスターしていた医師であった。

少尉から中尉にあがり、戦線も急を要し、日本軍と、周恩来・毛沢東（中国共産党軍）との戦いの狭間にあって、終戦を迎える。そんな話を常に聞かされた。中国で終戦を迎え、米兵からペニシリンの粉末をもらい、自分のカメラと交換した。

昭和20年夏になって、大阪に戻った時、祖父は父が帰国したことに仰天した。

そんな話を度々聞かされた。

父は大阪医専を卒業し、戦後、いとこの誘いによって府立医大の内科の教室に内科医として入局した。結核菌の研究により、学位を取得し、助手になった。その後、宇治市小倉で開業するも、当時は国民皆医保険がなく、開業地としても不適切であると感じ、堺市に開業地を求めた。現在の実家がある場所である。

母の父は政治家であり、母は京都府立桃山高等女学校（現在の京都府立桃山高等学校）を卒業した。趣味は詩吟であり、大の社交家である。

兄は、異母兄弟で、阪大に合格し、卒業すると同時に結婚した。そして、夫婦で和歌山県の紀南病院に内科医として勤務、さらに福井県の小浜市民病院の内科医長として勤務した。昭和50年代にその地に開業した。

弟は、資格を取るべく、土地家屋調査士の試験に臨み2度目に合格し、堺市桃山台に開業した。

家内と子供

私の家内は5人兄妹の末っ子である。一番上の兄さんは、整備会社をしており、カラオケを教えて、後に作曲家協会の会員にもなった。その下の兄妹は全て女児である。奈良の郡山に家があり、その周りは風情ある城下町を思わす街並みが続き、ところどころに蔵のある豪邸もある。郡山城は残っていないが、跡地に公園があり、路地の片隅に駄菓子屋があったり、また、酒問屋があったり、昭和を思わせる古き街である。

私たちに子供は3人おり、長女、次女、長男である。子供たちはそれぞれ仕事を持っていて、自活している。孫も既に5人に上る。

ライバル

私の母方のいとこに3学年上の京大生がいた。彼は、私が高校1年の時に宇治市の母の実家に出向くと受験準備に入っており、京大を目指して浪人中だった。その時に、受験スタイルを学んだように思う。彼は、トイレの中にも単語帳を張っており、深夜のラジオ講座が終わるとギターを弾いて息抜きをしていた。1曲絡めたことを思い出す。その後、彼は、三和銀行に入社し、東京中心部の支店長になり、本部の営業部長に昇格した。定年になってからは、出向して、不動産関係の大京の社長を一期勤め、さらに関連会社の社長も勤めた。政治家だった祖父の血を引き、すごい社交家で、ゴルフを趣味にし、交友関係を深めた。私とは対照的な存在であり、常に親戚中から比較された。彼は、杉並区に家を建て、現在も住んでいる。

また、学生以来の友達には小児科医であったライバルもいて、卒業後、同じ病院に勤務した時期がある。患者さんへの話し方は優しく丁寧で、院長が彼のことを、立派な小児科医であり、また内科医であると自慢していた。彼は現在、西宮で開業しているということである。

同学年で、小児科医は他に2人いた。その一人は、医局を出ると同時に結婚して岩手県に移住したが、その後離婚したと彼から聞いた。3人ともが小児科医としては立派で学問的にも優れており卒業成績もトップクラスであった。学生時代、私はいつもその3人にノートを借りて勉強していた。その時代から「身近にあって、何でも相談にのってくれる総合的な医療」を意味するプライマリケアという言葉があり、この3人と私はプライマリケア医としての才能を磨こうと互いに競い合った。しかし、医師会はプライマリケア医の認定に拒否反応を示していた。その後、私は、50代前半になってプライマリ・ケア学会に入会し、研鑽を積み、現在に至っている。3人の小児科医はみな、プライマリケア医としてよりは小児科医として、また内科医として才能を発揮している。

勤務医

私は大阪府内にある内科を中心とした慢性期病院に主に勤務した。慢性期病院では全科を展望した医療を展開するプライマリケア的なトータルなケアを主体とした診療を行っている。済生会泉尾病院は慢性期病院としては聖地であり、そこの医員としても勤めた経験は、今でも特に活きている。長年勤めた病院はなく、定期的に病院を変える癖があったため、内視鏡は習得せず経過した。

慢性期医療に従事した経験を活かすことができるため、僻地である日本海に開業地を求めたのは正解と言える。これからも地域医療に専念したい。

日常の生活

父も私も開業医であり、子供のころから土曜日曜になれば、グルメを楽しみ、ショッピングなどに出かけ、休日を楽しむという生活を送っている。裕福といえるほどの家族ではないが、かと言って、食事や衣服に困ることもない。そんな生活を常に体験してきたし、現在もそのような生活をしている。

私の楽しみといえば、休日に季節の衣服を買い揃えることや、時たま美味しいものをいただくことである。大儲けするわけでもなく、お金がないわけでもない。借金は少しあるが、いずれ返せる額である。衣服はピエール・カルダン等で、ブランド品ではあるが超一流ではなく、人が驚くものでは決してない。車はベンツ、ＢＭＷでそれ以上の車には乗ったことがない。

妻との出会い

妻との出会いは、ホテルで行われた婚活のお茶会である。お茶会では、仰々しい金持ちがデンと座っており、我々は静かにお茶会を楽しんでいた。その金持ちそうな方は自らの屋敷や収入を公言し、後妻を選ぶべくいろいろな方々に声をかけていた。我々は、茶会に並ぶ食事を食べて、帰る準備にかかっていた。そんなわけで、そのホテルを後にし、自宅に帰った。一人ひとりと一対一で話す時間に今の妻と話したが、お茶会の時はそれだけで終わった。

数日後、今の妻から電話があり、それから何度も夜の9時頃に電話がかかってきた。当時私は勤務医であり、そう余裕がなかった。彼女を梅田のホテルの鉄板焼きに招待する程度であった。2、3回会い、出会ってから2か月半ほど経ったころ、求婚すると彼女は喜び、婚約が決まった。その足で、近くのパーラーに行き、甘い物を食べてから、高島屋に行き、婚約指輪と二人の結婚指輪を買った。そして、近鉄特急に乗り、彼女の実家がある奈良市の自宅に向かった。

このような昔話は、今になってはおとぎ話のようなものである。

学会

大学院時代、日本生化学会と日本免疫学会に入会していた。各学会に1回ずつ研究内容を発表したが、自分なりに納得できるものではないと日々感じていた。なにしろ若く、まだ30歳にも満たない年齢であり、緊張もあり語り口に軽さを感ずるものだった。しかし、発表内容は当時としては新鮮であり、世界的なものだった。論文として英文誌にも投稿予定だったが、なにしろ自信がなく英文誌ではなく、大阪市医学会雑誌に投稿した。結果は採用で、医学博士の博士号を取得した。我々の時から英文誌、または大阪市医学会雑誌に投稿し採用されることが学位授与の条件になっている。

現在では、多種の学会に入会しているが、私にとって総合診療がライフワークであり、その主たる学会は、プライマリ・ケア連合学会と日本地域医療学会になる。その2つの学会の認定医および専門医、指導医の資格を持っている。最近では、学会での発表が半ば趣味になっており、生きがいである。総合診療には、グランドファーザー条項というものがあり、ベテラン医師にも機構の専門医の資格を与える項目がある。臨床内科専門医というのもあり、その学会が総合診療のサブスペシャリティ（通称「サブスペ」）の一角を担っているが、臨床内科医学会は日本医師会との折り合いが悪く、なかなかサブスペ認定がされない。

ベテラン医師にとっては骨休めの学会としか受け取れないと、残念に思う。

グルメ

開業医生活になるとグルメが経費で落ちるようになり、毎週の楽しみになった。特に薬屋さんから紹介された北新地や京橋の寿司屋は美味で、金曜日の21時過ぎて、よく絶品のグルメを堪能しに行った。

グルメ仲間として、勤務医時代にお世話になった事務長、若い医師や事務関係の職員なども同席することが多かった。時に、京都の祇園の鉄板焼きや京料理、天ぷら屋などの店にも顔を出した。そういった経緯から経費が膨らみ、顧問税理士から指摘はあったものの生活を変えることなく過ごしていた。すると、開業8、9年目に税務署が監査に訪れた。

訪れた税務署員は2人で、駐車場の車を見るなり、それが堺ナンバーであると指摘した。こもごもの税務調査があり、顧問税理士の主張も実らず、経営内容に対して徴税が全体で数百万円に及んだ。書類を見ると、安いスーパーの買い物も領収書にあり、それを顧問税理士が主張して事なきを得ようとしたが、それも無駄だった。その後、グルメに関する経費を減らすため、店もできるだけ安いところを選ぶようになった。幸い、財務調査だけで、医療調査は入らず今のところ過ごしている。

グルメとしては、宮津で養殖されたとり貝や瀬戸内の真鯛、琵琶湖の鮎の塩焼きが好物である。野菜では、グリーンアスパラガスなどの青物や泉州の水ナス、肉類では、神戸牛なども好きである。

最近は、大阪の堂島にある創作料理やイタリアン、北新地のしゃぶしゃぶ店でグルメを堪能している。そういった店で、時々、関西のお笑い芸人やプロ野球選手、サッカー選手に出会うことがある。

旧友

大学時代からの旧友の2人は皮膚科医師で、共に開業医である。一人は静岡市で代々続く開業医だ。若き日、彼の下宿の部屋は常にゴミだらけで座る場所もない状態だった。しかしある日を境に、急に本棚は整頓され、紙屑一つない部屋に代わった。次の日も彼の下宿に訪れると、「素敵な人を見つけたから、静岡の親父の後を継ぐ」ということだった。

その後、彼の結婚の案内状が私の実家に届き、彼は静岡で毎日外来患者200人近くを診る開業医になった。奥さんは薬剤師で、混声合唱団に所属していた。彼とは度々電話連絡をとったが、電話口ではいつもため息ばかりで「今日も疲れたわ〜」という感じだった。子どもは3人おり、みな成長し、地元の高校から東京の私学の医学部に入学した。

もう一人の皮膚科医は、同じく和歌山で開業している漢方医で、「漢方のことなら」と彼のノウハウを私に聞かせてくれた。彼の患者さんは少なく、細々とした経営だったが、オンライン資格確認の届出をせずに、最近廃業した。彼も子どもは3人おり、京都大学や国立大学といった名の通った大学に進学し、私の子どもたちとは違うなと感じていた。

静岡の旧友は最近、悪性リンパ腫になり息子に代を譲る羽目になったが、今でも午後は診察をしているようだ。この2人の旧友それぞれのことを思うと、40年近く開業するとくたびれるのかな、と私ながらに察する。私は、58歳でこの日本海に面する与謝野町に開業したが、まだ16年しか経っておらず、既に74歳になっている。3人の中では、一番私が元気で健康である点は、みながが認めることであろう。

学生時代を振り返ると、それぞれの考えが交錯して、お互いに喧嘩したことを今のように思い出す。

旅行

旅行は、主にドクターツアーを主催している会社のツアーに参加している。主な行先としては、国内が多い。北は北海道、青森から西は佐賀、大分など九州にも行った。新幹線が多く、一人旅ではなく妻との二人旅が多い。最近では、北海道、青森まで足を延ばした。北海道では、網走観光、特に網走監獄（博物館）見学や遊覧船に乗り、旅するツアーであった。

山岳地方としては長野の上高地にある渋沢栄一が作った上高地帝国ホテルに宿泊し、ホテルから大正池まで散策したが、体力が要った。散策の間、大雨に見舞われたことも思い出である。また、山と言えば、青森の八甲田山にも行った。めったに晴れない山であるが、ロープウェイで頂上まで行くと、晴天であった。喜び勇んで、樹氷とともに写真を撮った。

海外には、ハワイ、オーストラリア、ニュージーランド、ドイツ、イタリアなどに行った。ハワイには、関空発定時の便で行き、機内でひと眠りすると、もうハワイ上空であった。そのままホテルに転がりこんだ。

ハワイでの食事は、アメリカンサイズであり、食べきれない量が出てくる。マーケットはジャンボサイズの食べ物で満ちていた。日本の商品も見かけるが、最近はそれを目当てに来るアメリカ人も多いようだ。オーストラリア、ニュージーランドに出かけた際には、シドニーで夜中に影ボタルの散策や、南半球の星空を見に行き、時々、中国人と挨拶を交わした。シドニーの水族館では、日本で見慣れない魚を楽しんだ。オークランドの市街地では西洋風の建物を見て、郊外では、人よりも多い羊の数に仰天した。（2023年の夏にはスイスのアルプスに向かい、気候とグルメを堪能する予定である。（執筆時））

与謝野町

私の第二の故郷は京都府北部の町、与謝野町である。この町は、ちりめん織物が盛んな町であり、ちりめん街道を中心とした古い家並みが続く地域である。由良川の支流の野田川が流れ、その周りに田んぼや家々が建ち、スーパー、郵便局、学校などが散在している。

春になれば、各地域で春祭りがあり、神輿が引かれ、子ども歌舞伎もある。我がクリニックは、後野という地域にあり、春祭りには、クリニックとして町民を接待する。子どもたちにはお菓子、大人には酒類を振る舞い、大いに楽しんでもらう。また、秋になれば、大江山を中心とした山々が紅葉で彩られ、支流の川には体長50㎝の鮭が5、6匹泳ぐさまを見る。

私は、近くの小学校の校医も経験し、その時期には、スーパーなどで子どもたちと挨拶するのを楽しみにしていた。喫茶店も何店舗かあったが、閉店していき、数が少なくなった。街の人口も徐々に減っていく傾向にある。町民は、クリニックに車で診察に出向き、往診の際には往診車で居宅に向かう。患者さんへの配慮として、出来るだけ患者さんの家から離れたところに車を置く習慣がある。在宅患者は、開院以来徐々に増えだしたが、その分、外来患者が減ったような気がする。

帽子

私は、与謝野町に来て、クリニック内で帽子を被っている。そのこと自体、さしてスタッフや患者さんから指摘されたことはない。顧問税理士に、診療スタイルの一つであり、特に問題ないと言われて以来、ずっと被っている。帽子の種類としては、ソフトハットや野球帽などが多い。帽子の色は、レッドを主体とし、グリーン、ブラック、ホワイトと様々である。家の中に帽子が散在していたこともある。医師会の会でも帽子を着用していたら、指摘されたため、公の会では着用していない。

公の会と寝るとき以外はほとんど着用している。従って、帽子を忘れることはめったにない。医師会の会員からは、なぜいつも帽子を被っているのかと、指摘されることがある。そういう時は、笑って禿隠しだと言う。そういった帽子愛好家だ。

開業

私がここの診療所を開院したのは平成19年である。当時、与謝方向に住民が多くおられた時期であった。その時期から時代が経って空き家が増え、この地域の人口が減少した。当クリニックの前医は外来診療を中心として開業しておられた。院長としては住民の減少と高齢化に伴い、在宅支援診療所としての機能を果たすべく、在宅患者の確保に乗り出した。

現在では、患者中心的な医療を展開する開業医が理想とされ、以前のような権威主義的医師の開業は古いと考えられている。私の父は軍医であり、開業した後は、患者さんとよく喧嘩をする医師であった。しかし、内科だけでなく、外科や他科に医術を持っており、トータルに診療できる医師であった。現在では権威主義的医師は否定されており、その医術を高度医療連携機関に頼ることにより解決する方が何かにつけて効率的であり、自然であると考えられる。

よって、開業医がかかりつけ医としての機能を発揮するには、再度教育が必要になるのではないかと思われる。

院長と地域医療

私のクリニックは、人口10万人当たりに対する医師数の順位が下位3分の1である医師少数区域である丹後地域にあり、医師の確保は地域医療における究極の課題と思われる。

当クリニックには、与謝野町、宮津市、京丹後市、兵庫県豊岡市に患者さんがおり、訪問診療・訪問看護を行い、在宅医療や在宅ケアを提供して、在宅支援診療所としての役割を果たしている。

また、京都府立北部医療センターと連携を取っているかかりつけ医療機関の一つである。北部医療センターにあるMRIや造影CTなど診断に有益な設備を利用できる支援を行っている。そのことで、北部医療センターと連携を取ることができ、地域医療の礎になっている。

連携を取っている病院同士の親睦会が、宮津市内のホテルで毎年6月に開かれる。その際に、各病院の先生の紹介があり、それぞれの先生のお話がある。時にユーモアを持った先生もおられ、「私は落語家であり、その落語家が医師免許を持っているだけだ」と豪語する先生もいる。その先生は真打として落語協会に名を連ねている。落語家としては主に関西地方で活躍しており、産婦人科の副院長でもある。時にユーモアを交えて病院の内外の事情を話される。また、若い先生は、入局したばかりの失敗談を披露されることが多い。しかし、それぞれその個性にあった発表内容であり、各先生方の活躍は我々開業医を勇気づける。

また、話は違うが北部医療センターの医師や看護師さん、他の医療関係者を交えた症例検討も開催されている。そんな時、いわゆる顔の見える職種間の交流を経験する。時に、私のクリニックに診察を受けに来られた医療関係者から、「あの時お会いしましたよね~」と声をかけられることもある。このように顔の見える関係が地域医療にとって重要だと考えている。

義母のこと

私の義母は、妻によると、妻が20代の時に脳血栓により病院に入院し、その後死亡した。もともとその義母は、心疾患があり、不整脈があったので、血栓が頭に飛んだと思われる。

妻にとって、義母は、かけがえのない存在であり、その死亡は、妻の人生を大きく変える結果になった。その後、妻は健康オタクになり、友人たちに健康の大事さを訴えるきっかけにもなった。

義父は健康で、80代前半で胃がんになり、手術後、軽い認知症になったが、その後も自宅で過ごし、80代後半で亡くなるまで元気に生きた。妻は、常々、義母の病状の変化から亡くなるまで、また、義父が健康に生きたこと、そして、友人に対しては健康の大事さを訴えかけていることを私に語ってくれる。そのことが結果的に、クリニックの経営側にまわって、患者さんに健康を提供する私の力になったと思われる。

院長の今後

今後、学会活動を中心として医師会や地域交流および地域医療としての外来診療および在宅医療をすすめていく所存である。

私的なことであるが、この地に来て16年経った。今後も与謝野町および近隣地域の住民の窓口として機能していきたいと思っている。

院長のアルバムから

大阪市立大学創立１４０周年の感謝状・記念メダルと共に

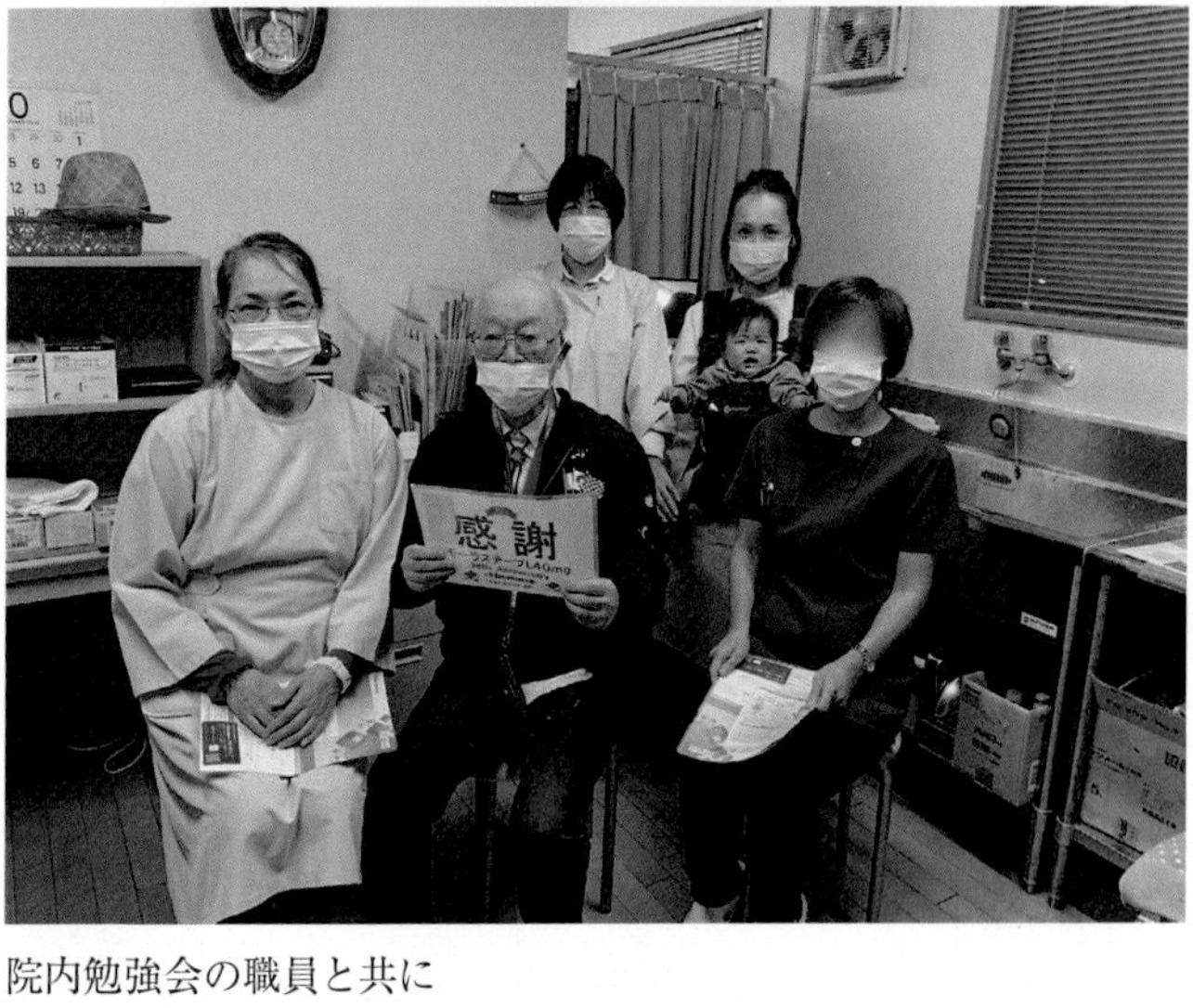

院内勉強会の職員と共に

八甲田山の頂上にて（青森県）

富士見平近くのホテルにて（静岡県）

割烹菊乃井にて（京都市）

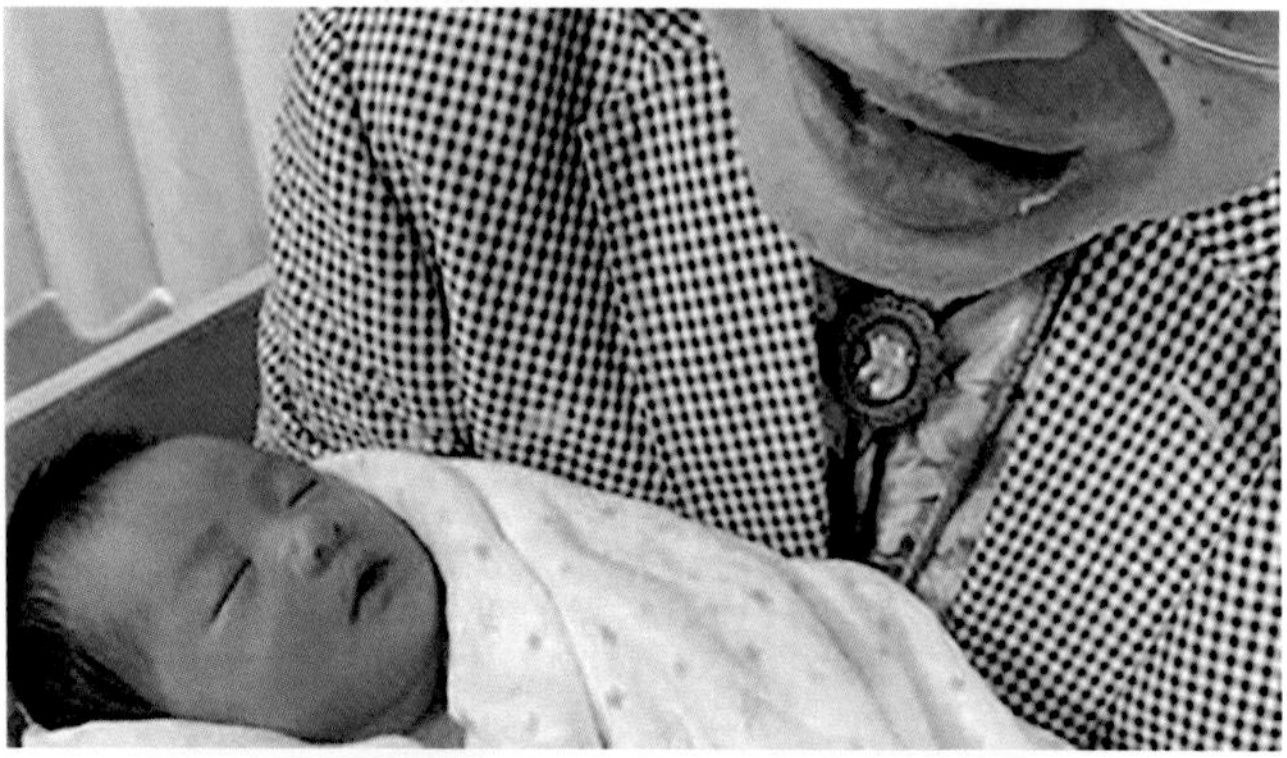

孫（長女の娘）と共に

宮津ロイヤルホテルでの月見会にて

べにや旅館にて（京都・貴船）

糖尿病協会国際会議のポスター発表（京都国際会議場）

アルプス山脈からの下山道（スイス）

ストラスブールにて（スイス）

アルプスの展望台 3000 m付近にて（スイス）

ストラスブールにて（スイス）

ホーエンツォレルン城にて（ドイツ）

ロイトンリンゲンのレストランにて（ドイツ）

著 者　木村　進（きむらすすむ）

木村内科クリニック院長
京都府与謝郡与謝野町後野 643-7

院長のつぶやき

2023 年 12 月 6 日　初版第 1 刷発行

著　者　木村　進

発行者　竹村正治
発行所　株式会社ウインかもがわ
〒 602-8119
京都市上京区出水通堀川西入亀屋町 321
TEL075（432）3455
FAX075（432）2869

印刷所　新日本プロセス株式会社

ISBN978-4-909880-47-5　C0095